А. Толстой

ПРИКЛЮЧЕНИЯ БУРАТИНО

или

Золотой ключик

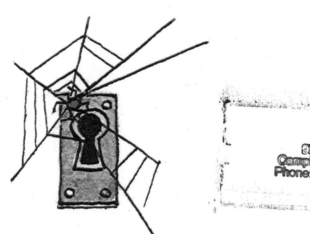

Художник
Леонид Владимирский

АСТ
Астрель
2003

УДК 821.161.1-053.2
ББК 84(2Рос=Рус)6
Т52

ISBN 5-17-005298-7 (ООО «Издательство АСТ»)
ISBN 5-271-07606-7 (ООО «Издательство Астрель»)

ЧАСТЬ
ПЕРВАЯ

Жил-был старый шарманщик Карло. Он ходил по дворам, играл и пел, за это ему кидали медные деньги.

Карло жил в бедной каморке, у него даже очаг был не настоящий, а нарисованный на куске холста.

Однажды его друг, Джузеппе, принёс полено и сказал: «Вырежь из него куклу, научи её
петь и танцевать, будет тебе славный помощ-
ник».

Карло начал строгать полено. Вдруг тоненький голосок запищал: «Ой, ой, ой, чего вы щиплетесь!» Карло очень испугался, но продолжал мастерить из полена куклу.

Когда он смастерил ей лицо, кукла сама раскрыла глаза, у неё вытянулся длинный, длинный нос.

«Это я, Буратино», — сказала кукла, прыг-
нула на пол и давай плясать и прыгать.

«Ой, ой, ой, как есть хочется!» — сказал Буратино. Тогда Карло надел куртку и пошёл на улицу, чтобы купить что-нибудь поесть.

Буратино увидел очаг и котелок над огнём. Он не знал, что это нарисованное, и сунул туда нос, но только проткнул в холсте дырку.

Буратино посмотрел в дырку и увидел за холстом какую-то дверцу.

Вдруг из-за холста вылезла страшная крыса Шушера и кинулась на Буратино.

К счастью, вернулся папа Карло и запустил башмаком в Шушеру. Она скрипнула зубами и скрылась.

Покуда Буратино ел, папа Карло смастерил ему из бумаги курточку и штанишки, а из старого носка — колпачок с кисточкой.

Папа Карло сказал: «Я продал свою куртку и купил тебе азбуку. Ты должен ходить в школу и стать умным и благоразумным».

«Я буду умненьким и благоразумненьким», — сказал Буратино. Он взял азбуку и пошёл в школу.

По дороге Буратино увидел кукольный театр Карабаса Барабаса.

Ему ужасно захотелось посмотреть кукольное представление.

Он забыл, что обещал быть умненьким и благоразумненьким. Он продал свою азбуку и купил билет в кукольный театр.

Куклы на сцене играли весёлую и смешную комедию. Буратино ужасно смеялся. Вдруг куклы увидели его и закричали: «Смотрите, это настоящий живой Буратино! Весёленький Буратино, иди к нам!»

Буратино прыгнул на сцену. Куклы начали его обнимать, целовать, щипать, тормошить. Тогда из-за сцены высунулся такой страшный человек, что можно было окоченеть от страха.

Это был Карабас Барабас. Он закричал: «Негодяй, ты помешал представлению моей прекрасной комедии!»

Он схватил Буратино и унёс его за кулисы.

Карабас Барабас жарил цыплёнка себе на ужин. Он сказал: «В очаге мало дров, брошу в огонь Буратино».

Куклы на коленях умоляли его пощадить
Буратино. Но Карабас не слушал их, ему в нос
попал пепел из очага, и он начал чихать.

Буратино сказал: «Не бросайте меня в огонь, папа Карло умрёт от горя. Мы такие бедные, что у нас даже очаг нарисован на куске холста».

Услышав это, Карабас Барабас сразу перестал чихать. Он вынул из кармана и дал Буратино пять золотых монет.

Он сказал: «Передай их папе Карло, пускай он бережёт очаг, нарисованный на холсте. Я скоро к вам приду».

Буратино взял пять монет и побежал домой.

Но по дороге ему попались двое нищих —
лиса Алиса и кот Базилио.

Они уже всё знали про Буратино и начали его уговаривать пойти с ними в Страну Дураков. Они сказали: «Там ты зароешь свои денежки, скажешь: «Крекс, фекс, пекс», и

вырастет деревце, на нём будет куча золотых монет для папы Карло».

Буратино поверил лисе Алисе и коту Базилио и пошёл с ними в Страну Дураков.

По дороге кот и лиса потихоньку переоделись разбойниками и напали на Буратино.

Буратино сунул монеты в рот и пустился бежать.

Кот и лиса нагнали Буратино. Но он увидел лебедя, схватил его за лапы, и лебедь понёс его через озеро. Лебедю надоело нести Буратино, и он сказал: «Пожалуйста, отпустите мои лапы и падайте...»

Буратино упал около хорошенького домика. Здесь жила Мальвина, самая красивая кукла Карабаса Барабаса. Она убежала от него вместе с пуделем Артемоном.

Кот и лиса оказались тут как тут. Они повесили Буратино вниз головой, чтобы из него вывалились деньги. А сами ушли в харчевню.

Мальвина выглянула в окошко, увидела Буратино и велела муравьям перегрызть верёвку, на которой он висел. Пудель Артемон подхватил Буратино.

Артемон привёл докторов — Сову, Жабу и Богомола. Они поставили Буратино градусник и прописали касторки.

Буратино заболтал руками и ногами и закричал: «У меня ничего не болит, я ужасно здоров».

Мальвина позвала Буратино завтракать. Звери, птицы, жуки и бабочки очень любили Мальвину. Они приносили ей всякие вкусные вещи.

После завтрака Мальвина решила воспитывать Буратино. Она принесла перо и чернила и начала учить его писать. Буратино увидел в чернильнице муху, сунул туда нос и посадил на бумагу кляксу.

Мальвина рассердилась и отвела его в тёмный чулан, хотя ей было жалко так жестоко наказывать Буратино.

Буратино в чулане ругал Мальвину глупой девчонкой. Вдруг прилетела мышь и сказала: «Уходи из чулана, а то будет хуже».

Буратино крысиным ходом вылез из чулана. Летучая мышь повела его через лес.

И привела его на пустырь около города Дураков, где его ждали лиса Алиса и кот Базилио.

Кот и лиса сказали: «Вот поле чудес, зако-
пай здесь свои денежки, наутро вырастет дерево с золотыми монетами для папы Карло».

Буратино выкопал ямку, положил в ямку червонцы, засыпал землёй, полил водой из лужи и сказал: «Крекс, фекс, пекс».

Кот и лиса думали, что он уйдёт спать. Но Буратино ждал, пока вырастет дерево.

Тогда кот остался караулить, а лиса побежала в полицейское отделение и попросила Бульдога арестовать Буратино.

Бульдог послал двух сыщиков — доберман-пинчеров — арестовать Буратино на пустыре. Доберман-пинчеры подкрались к Буратино, схватили его и бросили в пруд.

Кот и лиса выкопали его деньги, начали их делить и так подрались, что скатились в воду.

ЧАСТЬ
ВТОРАЯ

Буратино не утонул, потому что он был деревянный. Он только очень испугался. Он вылез на лист водяной лилии. Ему было холодно, очень хотелось есть, и он заплакал.

Из воды показались лягушки. Они пожалели Буратино и принесли ему лягушиное угощение.

Над водой показалась страшная змеиная голова. У Буратино от страха встала дыбом кисточка на колпачке.

Но это была старая добрая черепаха Торти-ла. Она рассказала Буратино, что кот и лиса украли его деньги.

В лапе она держала золотой ключик. «Я дарю тебе этот золотой ключик. Его обронил в пруд Карабас Барабас. Этим ключиком открывается волшебная дверца».

Буратино взял ключик, поблагодарил Тортилу, вылез на берег и побежал домой к папе Карло.

Буратино заблудился. Вдруг мимо него промчался заяц, на нём сидел человечек, за ним гнались собаки.

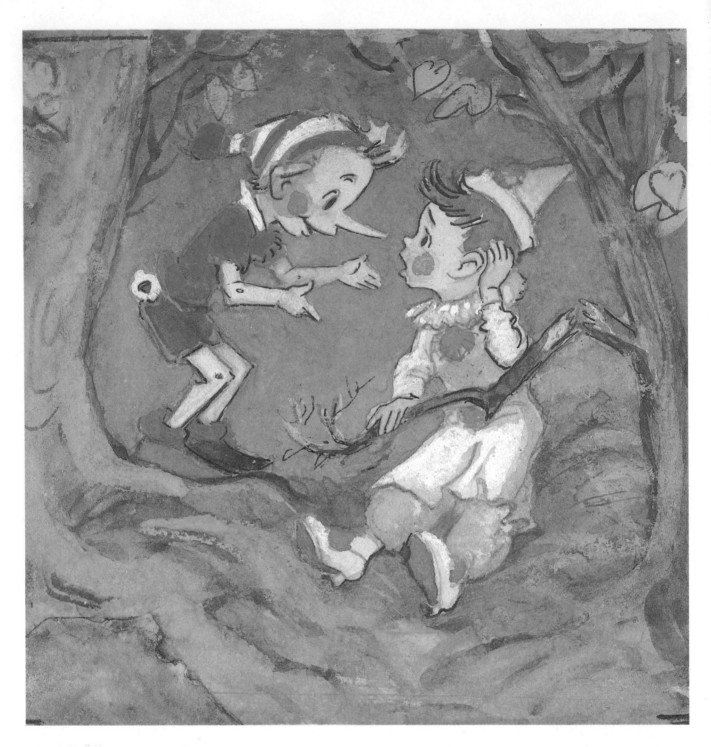

Человечек зацепился за ветку и упал, а собаки убежали за зайцем. Буратино подбежал к человечку и увидел, что это Пьеро из театра Карабаса Барабаса. Вот что рассказал ему Пьеро:

«Однажды ночью все куклы спали. Но я не спал, я думал о Мальвине, которая убежала от Карабаса Барабаса. Перед очагом ужинали Карабас Барабас и его друг Дуремар, продавец пиявок, лягушек и черепах.

Дуремар рассказывал про то, как он ловил в пруду черепашек, вдруг всплыла черепаха Тортила и погрозила ему лапой. У неё на лапе висел золотой ключик. Дуремар закричал ей: «Отдай золотой ключик!»

Но было уже поздно, черепаха скрылась.

Услышав это, Карабас Барабас закричал во всю глотку: «Так вот у кого мой золотой ключик! Этот ключик открывает дверцу, за которой лежит сокровище».

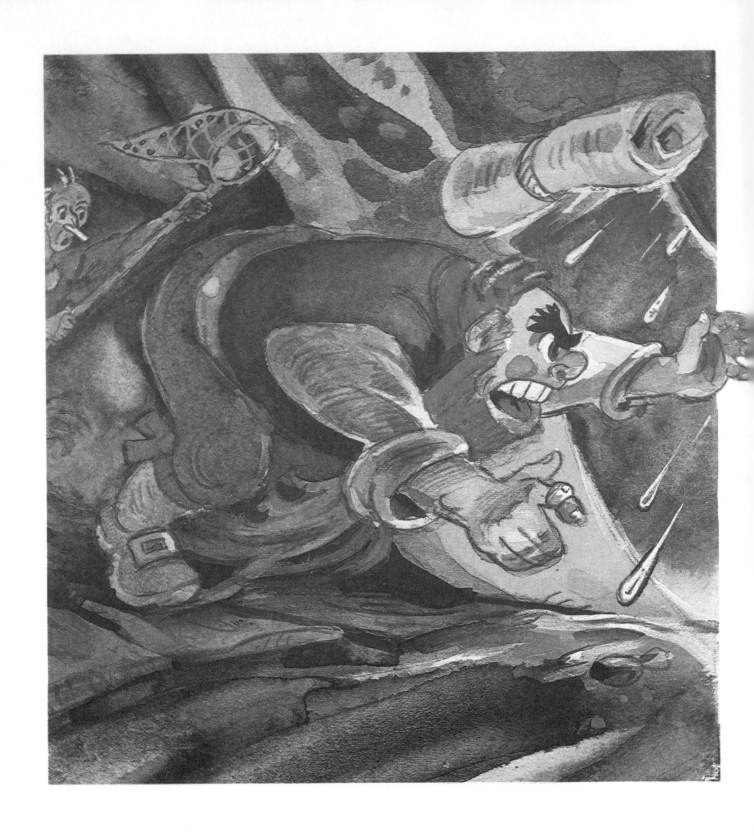

Но тут Карабас Барабас заметил, что я подслушиваю, и кинулся ко мне, но запутался в бороде и упал.

А я выскочил в окошко и побежал. Я споткнулся о спящего зайца, схватил его за уши, и мы помчались.

Карабас Барабас и Дуремар взяли полицейских собак и бросились в погоню. Остальное ты знаешь».

Пьеро сказал: «Ах, если бы мы нашли золотой ключик, вот было бы счастье». Буратино вынул ключик и сказал: «А это ты видел?»

Буратино и Пьеро прибежали к домику Мальвины.

Она ужасно удивилась и обрадовалась.

Вчетвером с Артемоном они сели завтракать.

Буратино показал ключик Мальвине. Она сказала: «Но мы не знаем, где находится дверца, которую он открывает».

В это время на дорожке показалась огромная добрая лягушка. Она сказала: «Карабас Барабас узнал про то, что черепаха Тортила подарила ключик Буратино... Бегите отсюда поскорей».

Мальвина и Пьеро испугались, а Буратино ничуть не испугался. Он велел Артемону собрать узлы и взять в дорогу всё необходимое.

Мальвина села на собаку. Пьеро взял за хвост Артемона, Буратино встал впереди, и они тронулись в путь.

Как только они вышли на гладкое поле, из-за кустов высунулся Карабас Барабас. Он держал двух полицейских собак.

Казалось, всё погибло. Но Буратино велел Мальвине и Пьеро бежать в лес, собаке Артемону приготовиться к драке, а сам полез на сосну.

На сосне Буратино начал кричать: «Птицы, звери, насекомые! На помощь маленьким человечкам!»

Прилетели птицы, насекомые, прибежали разные зверюшки. Ежи начали колоть в нос полицейских собак, птицы их клевали, осы жалили. Пудель Артемон мужественно дрался один против двух псов.

Карабас тряс сосну. Буратино бросал в него сверху большие шишки. Одна шишка попала Карабасу в разинутый рот.

Буратино соскочил с дерева и начал бегать вокруг него. Карабас бегал за ним, борода его обматывалась вокруг смолистого ствола и приклеивалась.

Наконец Барабас упёрся носом в дерево. Буратино показал ему язык.

Потом Буратино позвал Артемона, и они побежали искать Мальвину и Пьеро.

На поле остались приклеенный к дереву Карабас и две полицейские собаки, искусанные и полуживые.

Мальвина и Пьеро спрятались в пещере. Они думали, что Буратино погиб. Мальвина плакала, Пьеро утешал её.

Вдруг послышались шаги, и появился Буратино. За ним прихрамывал храбрый Артемон с
узлами на спине.

Буратино разложил костёр и варил какао. Пьеро читал стишки своего сочинения. Мальвина его слушала.

Артемону перевязали раны, поставили градусник, и он спокойно заснул.

Раздались голоса Карабаса и Дуремара, они прошли мимо пещеры, не видя, что в ней делается.

Буратино услышал, что они сговариваются пойти в харчевню. Он догадался, что там они будут говорить о золотом ключике.

Буратино потихоньку, вперёд Карабаса и Дуремара, прибежал в харчевню.

Он спрятался в глиняном горшке.

Карабас и Дуремар пришли в харчевню, стали есть и пить, а кости бросать в горшок, где сидел Буратино. Карабас ничего не говорил про ключик. Он только грозился отыскать Буратино и прихлопнуть его, как муху.

Тогда Буратино проговорил из горшка завывающим голосом: «Открой тайну, несчастный, открой тайну».

Карабас и Дуремар с испугу полезли под стол. А Буратино всё повторял: «Открой тайну — где находится дверь, которую отворяет ключик».

Карабас, стуча зубами, ответил: «Дверь находится у старого Карло в каморке за нарисованным очагом. Замолчи, таинственный горшок».

Тут горшок на столе зашатался, покатился, разбился, из него выскочил Буратино и кинулся в дверь.

На дворе он схватил большого петуха, сел на него верхом, и они помчались как ветер.

Карабас и Дуремар пришли в себя и кинулись в погоню, но Буратино уже и след простыл.

Папа Карло в своей каморке сидел и горевал, что погиб его умненький, благоразумненький Буратино.

Вдруг в окно влетел петух, на нём Буратино за петухом прыгнул Артемон, на нём Мальвина и Пьеро.

Все четверо начали обнимать папу Карло, радости не было конца.

В дверь ломился Карабас Барабас с двумя полицейскими.

Тогда Буратино сорвал холст, на котором был нарисован очаг. Все увидели таинственную дверцу.

Буратино сунул в замочную скважину золотой ключик, заиграла музыка, и дверца открылась.

Он сказал: «Все за мной!»

В каморку ворвался Карабас Барабас. Но таинственная дверца захлопнулась перед его носом.

Все спускались по крутой лестнице в подземелье. Папа Карло держал свечу. Внизу появилась крыса Шушера.

Артемон бросился на крысу Шушеру.

Внизу появилась пещера из мрамора.

Посредине пещеры стоял чудный кукольный театр, наверху были часы.

Буратино взобрался папе Карло на спину.

Золотым ключиком он завёл часы. Занавес поднялся.

На сцене был настоящий кукольный город,
с троллейбусами, такси и милиционерами...
Над крышами летали аэропланы.

Буратино сказал: «Мы напишем пьесу о наших приключениях и сами будем её играть в этом кукольном городе...»

Карабас вернулся домой. Дождь лил сквозь крышу.

Куклы его были голодны. Зрители не покупали у него билетов.

Вдруг Карабас услышал весёлую музыку, высунулся в окно и увидел на площади кукольный театр, на котором было написано: «Буратино».

Через площадь к этому театру бежали все куклы Карабаса Барабаса. Буратино, Мальвина и Пьеро радостно встречали их.

Карабас Барабас схватил плётку и выбежал на площадь.

Он кричал: «Назад, назад, кукольное отро-
дье...»

Откуда ни возьмись на него налетел Артемон,

сбил с ног и поставил лапу ему на грудь.

В новом кукольном театре Буратино зазывал публику. Мальвина танцевала. Пьеро подпрыгивал и перевёртывался. Папа Карло играл на новой шарманке... Всем было ужасно весело.

Литературно-художественное издание
Для детей дошкольного возраста

Алексей Николаевич Толстой

ПРИКЛЮЧЕНИЯ БУРАТИНО, ИЛИ ЗОЛОТОЙ КЛЮЧИК

СКАЗКА

Директор издательства
Бартенев О. С.

Технический редактор
Курочкина М. Н.

Общероссийский классификатор продукции
ОК-005-93, том 2; 953000 — книги, брошюры

Гигиеническое заключение
№ 77.99.10.953.П.000009.01.03 от 10.01.2003 г.

Подписано в печать 02.09.2003. Формат 60×90^1/₈.
Усл. печ. л. 16,0. Тираж 10 000 экз. Заказ № 5121.

ООО «Издательство Астрель»
143900, Московская обл., г. Балашиха, пр. Ленина, 81.

ООО «Издательство АСТ»
667000, Республика Тыва, г. Кызыл, ул. Кочетова, д. 28.

Наши электронные адреса: WWW.AST.RU
E-mail: astpub@aha.ru

Отпечатано с готовых диапозитивов
на ФГУПП ордена Трудового Красного Знамени
«Детская книга» МПТР РФ.
127018, Москва, Сущевский вал, 49.